SOLEDAD PARA TRES Y UNA VACA

Rina Lastres

SOLEDAD PARA TRES Y UNA VACA

Primera edición: octubre de 2006

Publicado por:
Ediciones Baquiana
P. O. Box 521108
Miami, Florida. 33152-1108
Estados Unidos de América

Correo electrónico: **info@baquiana.com**
Dirección virtual: **http:// www.baquiana.com**

ISBN: **0-9752716-9-5**

Impreso en los Estados Unidos de América
Printed in the United States of America

"…*La multitud que veo, y que a mi alrededor se apelotona, no es un cuerpo común, ni una suma coherente, ni un organismo vivo, cuyas sístoles y diástoles coincidan con las de los seres que lo forman; no es sino una acumulación de soledades.*"

Antonio Gala

ÍNDICE

Reflexiones sobre "Soledad para tres..."

En "***Soledad para tres y una vaca***" confluyen más de tres soledades. Si le adicionamos la suya, me refiero a usted querido lector, entonces tendremos más de cuatro, destacando además que tampoco las mías aparecen incluidas en estos relatos. Son muchos los autores que han escrito y escriben cada día sobre el tema central que hilvana lo narrado en ***Soledad para tres***... pero quizás nadie en nuestra lengua habló de la soledad más incisiva y dulcemente que San Juan de la Cruz, cuando en su poema "Cántico" la llamó "...la soledad sonora...", verso que cuatro siglos más tarde utilizara el escritor Antonio Gala, también español, a la hora de la realización de su libro del mismo nombre, publicado por la Editorial Planeta en 1991.

La soledad —muda o sonora— es un ente múltiple y es también sinónimo de muerte, o una forma de muerte al menos; y podría ser la muerte de una parte del todo, de ese todo donde anida el aliento interior. Y más que ninguna otra cosa, la soledad es diversa, tan diversa como es la propia naturaleza humana. Acerquémonos ahora a algunas de las variantes que nos presenta "***Soledad para tres y una vaca***".

"The turning point" es la mutilación cobarde de un amor, mientras que "Antequera" refleja la muerte involuntaria y natural del sentimiento. A "Reencuentro" asoma la pérdida de una parte del todo, desde la metamorfosis a que se expone el exiliado al transformarse y abandonar parte de sí mismo en función de sobrevivir al desarraigo. "Esperanza" presenta la soledad como la muerte de los valores éticos; y por otro lado, también aparece la muerte de una sociedad en crisis, donde junto a las ruinas de los edificios corroídos por el deterioro y la inercia administrativa, se desploman los principios. "Soledad para tres...", que da título al libro, es un compendio de soledades sesgadas por las circunstancias de cada quien, vaca incluida. Y en "La cuentera" aflora la de la niña que desde temprana edad resulta arrinconada por la incomprensión y los prejuicios sociales de su progenitor. Por último, es en "Vacío" donde se pone de relieve la peor de las soledades: aquella que germina en nuestro mundo interior, porque la soledad es una forma de morir viviendo. Y de ese material —de esa soledad canturreante y acariciadora, desgarrada y aplastante— se nutren las historias que conforman este volumen.

La autora

LA CUENTERA

Los cuentos han sido parte de mi vida desde que era muy niña. Los hice de suspenso y de continuidad. Estos últimos eran mis favoritos. Me recordaban los círculos concéntricos que va creando el agua cuando es herida por una piedra. Nada, que me salen con naturalidad. Y no es que yo haya vivido de ellos, todo lo contrario. Ellos viven de mí, son mis dueños, y cuando alguno dice *"voy"*, ahí empieza mi transformación y vengo a ser el cuento mismo. Y me convierto en hombre, o en mujer, o en un pez exiliado que cuenta sus aventuras mientras explora rumbos desconocidos; o soy el sol, dedicándome a calentar aldeas donde por meses y meses las nieves se enseñorearon del paisaje; o un travestí que llora de noche su desolación de no ser hombre que suspira por mujer, o mujer definitiva que recibe a su hombre con las piernas mirando al cielo. Y esta manía me viene de cuando abuela me acomodaba en su regazo y me cantaba *"se levanta el conde niño la mañana de San Juan a darle agua a su caballo junto a las olas del mar"*, y desde ese momento, como por arte de su voz, yo era San Juan, el mismísimo primo de Jesús, que bautizaba en el desierto anunciando la venida del Justo. Ni qué decir del caballo sediento, cómo me apretaba la garganta la sed y cómo me venía de bien la caricia del conde niño sobre mi espalda nerviosa... Digo que fuera por ahí cuando me comenzó la manía de narrar historias. Al principio todos lo consideraron una gracia. Mi abuela se reía tanto, que mamá temía que se le cayera la dentadura en una carcajada. El tío Nivaldo no dejaba de escupir, entre una diversión y otra, el catarro que lo acompañaba desde hacía muchos años. Ya por esa época comencé a sentir sobre mí los ojos de mi padre. Mi padre me miraba con preocupación. Mi padre tenía miedo. Yo se lo veía en los ojos. Una niña tan cuentera podría comprometer seriamente su futuro. Su futuro de macho sin hijo varón, frustrado por mi llegada cuando todos esperaban a Felipe. En sus ojos de miedo yo podía ver mi futuro retratado, aún sin entenderlo. Mamá no, mamá siempre siempre me miraba con amor; su dulzura me sabía a la de los canisteles que crecían en el patio. Mamá disfrutaba tanto aquellas noches en familia, que cuando la abuela cantaba "*a dar agua a su caballo junto a las olas del mar...*", un sol marinero le caía por la cara, iluminándola. Un rato más tarde, podía verla bailar junto a mí cuando yo era reina soberana de un país de enanos, donde todos estaban a mi servicio y me rendían homenajes... Pero a papá cada vez se le ponía la cara más seria. Una noche, mientras yo capitaneaba una aeronave con destino interplanetario, vi que llamó a mamá, exigiéndole que lo siguiera al dormitorio. Los gestos de mi padre eran graves, y un gran disgusto se transparentaba en sus ojos. Cuando mamá regresó, la alegría se le había secado en el rostro. Desde entonces, él y yo somos dos ríos.

Fue así como decidí llevarme mis cuentos para mi habitación, y contárselos, amparada por la intimidad, a mis muñecos. A Karla, por ejemplo, traída por el tío Nivaldo desde su último viaje a Francia, no le gustaban, pero me escuchaba resignadamente. En sus azules ojos no vi nunca una gota de rencor. Y Pancho... Pancho era otra cosa, había venido caminando desde Costa de Marfil. El día que apareció en la puerta de casa, recayeron sobre él sospechas de fetichismo, pero yo sabía que había llegado porque la vida me debía una recompensa. De manera que lavé su carota hasta que recuperó el color, y sobre su negra piel deposité un beso suave, como los besos de la abuela, que son los mejores besos del mundo. Después le puse Pancho, para que sonara más simple y fuera más asequible a los otros muñecos y demás miembros de la familia. Pero no todos lo aceptaron, a las personas mayores les resulta muy difícil aceptar lo inexplicable. Se asustan y se apartan como si se tratara de una enfermedad. Así las cosas, Pancho creció y obtuvo tanta sabiduría que logró convertirse en mi padre. Un padre que me escuchaba con atención y que no le tenía miedo a mis fantasías... Gracias a Pancho me salvé y pude salvar, además, a esta cuentera que llevo dentro y que me ayuda a rehacer la vida todos los días de la muerte.

ANTEQUERA

Las discusiones entre mi marido y yo se hacían cada vez más frecuentes, y aunque ninguno de los dos era agresivo, ni siquiera oralmente, el correr de los días iba profundizando el espacio que nos separaba. Crecieron así nuestros silencios hasta el punto de no encontrar, ni él ni yo, la fórmula que reanimara aquellas relaciones ya famélicas. De manera que opté por seguir la receta de una amiga que me dijo con aire solemne: "quizás fuera bueno separarse por algún tiempo". Lo pensé varias veces antes de decidirme. En realidad, nuestros seis años de casados habían transcurrido de un proyecto a otro, haciendo maromas entre las demandas de su trabajo y el mío, con muy escaso tiempo que compartir. Por otro lado, cuando disponíamos de tiempo para hablar, no nos comunicábamos. Aquellas conversaciones poco tenían de íntimas y mucho menos de importantes. Lo esencial, lo que contaba, se quedaba siempre sin decir, como si le hubiéramos cogido miedo a las palabras.

Llamé a mi agente de viajes, hice la maleta y

unos días después partí rumbo a Madrid, con la intención de conocer parte de Andalucía. Comoquiera que desde la infancia los trenes me atraían, decidí que parte del viaje, en especial el tramo que une a Sevilla con Granada, lo haría por ferrocarril.

De pequeña me gustaba jugar a que mis piernas alcanzaran ambos lados de los rieles, o saltaba de traviesa en traviesa hasta quedar exhausta, mientras se abría ante mí un sendero que se me antojaba infinito. La estación de trenes quedaba a unos cinco minutos caminando desde mi casa, y cada vez que podía me escapaba hasta allí. Envidiaba a las personas que elegantemente ataviadas salían en el tren de las seis con destino a La Habana. También me provocaban ese mismo escozor y envidia los del circo. Muchas veces se trataba de artistas itinerantes que se desplazaban de un pueblo a otro, arrastrando como podían la incertidumbre de ser pobres. No obstante, a mí, desde mi inocencia, me parecían muy felices. En aquellas escapadas llenas de emoción y curiosidad, en ocasiones me hacía acompañar de mi amigo Tony, un año mayor que yo, pero mucho más temeroso e inseguro. Recuerdo una tarde que, aprovechándonos de la semioscuridad de un vagón abandonado, acariciamos nuestros cuerpos y llenos de asombro descubrimos sustanciales diferencias. Terminada la arriesgada incursión, tirando de una de sus manos lo obligué a seguir jugando. Esta vez echábamos apuestas sobre cuál de los dos tiraría más lejos una pelota que elaboramos artesanalmente con cajas viejas de cigarrillos "Trinidad y Hnos." —una marca muy popular entonces— hasta que el grito afilado de algún sensato transeúnte nos alertaba de lo peligroso de jugar en el área.

Alrededor del sistema ferroviario se levantaron los mejores recuerdos de una infancia no muy feliz en Holguín, aquel pueblo con pretensiones venecianas, donde cada calle era interrumpida por un puente, bajo el cual corría un escuálido riachuelo y donde también conocí, con esa sin igual sensación que sólo se nos da a través del tacto, el sexo de mi primer hombre.

Memorias y meditaciones aparte, la estancia en Sevilla fue espléndida. El carácter alegre de su gente y el valor arquitectónico de la ciudad me conquistaron desde que puse un pie en la estación de Santa Justa, a donde llegué en un tren de servicio rápido que los españoles llaman "el ave". Sevilla cuenta entre sus encantos con una majestuosa catedral que provocó en mí un hondo efecto. No en balde la tradición le adjudica a uno de los canónigos de la catedral la frase "hagamos una iglesia tan grande que los que la vieren acabada nos tuvieran por locos". Y en verdad el resultado de aquel esfuerzo fue bastante así. Desde 1403 hasta un siglo después, cuando se diera por terminada su construcción, arquitectos y obreros se sucedieron, dejando a la humanidad como legado esta maravillosa iglesia, una de las mayores de la cristiandad. Bajo aquellas cinco imponentes naves, de las cuales entré y salí más de una vez en mi estadía sevillana, y al auspicio del sol, retribución gratuita que ofrecían los bares al aire libre bajo el cielo moro, tomé conciencia de mi pequeñez, de lo efímera que es mi vida y de la necesidad de hallar valor para tomar decisiones, y si no en plural, al menos, aquella que nos hiciera a mi marido y a mi, tan felices como fuimos durante el primer año de conocernos.

Cuatro días más tarde me dirigí de nuevo a la

estación ferroviaria y tras adquirir el boleto correspondiente, un empleado, señalando hacia una pizarra, me indicó que allí hallaría la información deseada. La salida del tren, esta vez un tren regular de cercanías que me conduciría hasta Granada. La salida del tren se atrasaba, y como aquella pizarra me resultaba algo abstracta, levanté los ojos del libro que me acompañaba, con la intención de informarme, preguntándole a cualquiera de aquellas personas que presumía habituales en el recorrido Sevilla-Granada. Observé a una anciana vestida totalmente de negro, incluyendo el delicado pañuelo con que cubría su cabeza, pese al calor. Se me antojó una mujer típica del campo, algo con lo que hasta aquí no me había topado. Le expliqué mi incapacidad de dar correcta lectura a aquél pizarrón y mi temor de perder el tren correspondiente. Me dijo:

—No se preocupe, es el mismo en que yo viajo. Así que en lo sucesivo dejé de mirar la dichosa pizarra, siguiendo con los ojos de cuando en cuando los movimientos de la mujer para no perderla de vista.

Ya en el tren, se sentó frente a mi, pasillo por medio, tomando el lado opuesto de mi asiento, y en un gesto de gratitud inicié la conversación.

—¿Es corto el trayecto a Granada? ¿Es hermosa Granada?

—No conozco Granada —contestó con algo de aspereza.

—¿Hace usted este recorrido con frecuencia? —insistí.

—Sí —me dijo— vengo en tren a Sevilla desde Antequera una vez por semana desde que inauguraron este tramo del ferrocarril.

—Dicen que es hermosa Granada —continué—, tan hermosa que hasta el propio Boabdil, de pensar en que no volvería a verla, dejó a un lado todo su orgullo de Sultán y lloró intensamente.

—Y a usted ¿qué la trae por aquí?

¿Cómo explicarle a aquella anciana, en evidente desvarío, mi problema? Pero, analizándolo bien, pensé que si, que me serviría de terapia poner en palabras toda aquella angustia que llevaba dentro. Así, descargué anécdota tras anécdota sobre ella hasta apabullarla y hacer que su mirada se volviera aún más sombría. Al cabo de un rato me sentí aliviada, volví mi cabeza hacia la ventanilla y oteé como un perro manso el imbricado paisaje de la vega granadina.

Deambulé por aquellas estrechas callejuelas

como en una especie de delirio, siempre dándole vueltas en mi cabeza al problema "nuestro" ¿o mío solamente? Los atractivos turísticos, las encrespadas calles y el agotamiento físico con que regresaba al hostal donde me hospedaba hicieron que el tiempo se fuera sin tomarlo en cuenta. Eso sí, las extenuantes caminatas me habían ayudado a pensar y finalmente a tomar una decisión. Siempre recordaré las palabras de aquella anciana que conociera en el tren. *"Hija, viva, porque ¿para cuándo lo va a dejar?... Mírese en mí, que apenas puedo ya con mis piernas."*

Eran apenas las 12 del mediodía cuando volví a pisar tierra americana. El taxista me dejó frente al jardín de nuestro precioso chalet. Metí la llave en la cerradura, empujé la puerta y allí estaba él, acabado de bañar y listo para irse a la calle. Me miró sorprendido, su rostro resplandecía, me apretó contra su pecho y acarició despacio mi pelo. "Estoy un poco cansada, necesito descansar", le dije lo más suavemente que pude. Subí casi corriendo las escaleras y me encerré en mi habitación.

SOLEDAD PARA TRES Y UNA VACA

I

Siempre habíamos admirado aquellas tierras por su belleza simple, devastada. Los campos quietos y luminosos fueron convirtiéndose en el lugar preferido de los pájaros migratorios, que allí alcanzaban el meridiano cero de su descanso. Había que ver, en las tardes, como se alineaban sobre el alambrado, en ese orden perfecto que siempre asombraba a la vieja Matilde, por más que hacía 81 años que lo observaba. "El milagro de lo reiterado", decía, y seguía caminando con la cabeza ladeada y su paso contaminado por las horas. Más allá se extendía el infinito. Hacia el oeste, algunas lomas rompían con la armónica anatomía de los cañaverales —hablo de discretas elevaciones de terreno, no vaya usted a creer que se trata de montañas—, y al extremo, la casa donde se hicieron uno a uno los días de la pasión y de la esperanza, hasta que el tiempo huyó asustado por los pantanos.

Matilde buscó su sillón favorito. Ése era su mirador. Encendió su tabaco del día y miró el humo lento, a través de sus manos. Habían sido atrevidas y hermosas, independientes en sí mismas, tan distantes que a veces dudaba que le hubieran pertenecido. Pero ahí estaban, rememorando lo suyo. Nadie como ellas conocieron aquella piel que se hacía más suave o más fuerte según la circunstancia... Un día, como a eso de las tres de la tarde, apareció el hijo de Genaro. Si hubiera sido mudo, probablemente las cosas habrían sido distintas, pero las palabras salían de su boca con ritmo. Nunca antes *"entonces, laberinto, ciudad, amor, campo"* habían sonado así. En su voz se abrían y se doblaban. Si algo la sedujo, fue eso: su decir. Allí la vida se transformaba. Él era alto, con unas cejas fuertes, algo sin importancia, pero hablaba y hablaba, y Matilde se sumía cada vez más en aquella cadencia, hasta que las cosas más sencillas cobraban color... Aquella noche, una luna grande iluminaba el campo, y ellos se habían sentado en el zaguán a hacer la sobremesa. Fue ésa la primera vez que Matilde vio la luna. Ella lo sabía, la primera vez en sus 60 años. En el alambre, las aves estaban de paso y se movían con nerviosismo, pero ya Matilde no las veía. Las palabras lo fueron abarcando todo, fueron tragándose el paisaje hasta construir una vida en la vida. Matilde se miró las manos y acarició su piel cuadriculada. Cada línea un día, una hora o una palabra, qué importaba.

Fue un día gris, el viento había hecho de las suyas por la mañana, levantando el techo de la casucha donde almacenaban trastos viejos, cosas inútiles... Se habían quedado solos. El joven la miró como a una silla que uno compró hace años. De los ojos le salió como un relámpago, y a partir de ese momento ya no hubo más palabras. Los dos lo sabían desde el principio, desde el día en que él se apoyó en la puerta y sus miradas tropezaron. De pronto recordó que ese día no vio pájaros en el alambre...¿Qué fecha fue? Fue el día que se le enfermó a Genaro su vaca Chala. Regresó del campo con los ojos irritados y un rictus de distancia en los labios. Matilde se recostó, echó la cabeza hacia atrás y disfrutó del silencio. "Hay que aceptar la realidad", se dijo, "si no, ahí estarán mis manos para recordármela... Por eso a veces evito mirármelas. Cada uña sabe lo suyo, cada dedo conoce el camino andado... Muchas veces, cuando estábamos todos juntos, espiaba mis manos, sentía temor de que me delataran. Entonces todo el cuerpo me temblaba. Hasta la tarde en que él se fue, junto a los pájaros que emigraban. Mis manos se guardaron el secreto y de tanto guardarlo se secaron... Una mañana, ya al borde de la muerte, Genaro reclamó mi presencia a los pies de su cama. Buscó mis ojos y me dijo: *Mujer, yo te perdoné hace muchos años.* Abandoné la habitación, y al mirarme no me encontré las manos."

II

Olvidar me costó soledades —a veces altaneras, a veces estáticas—, inconmensurables soledades, y además mucho miedo, ¿sabe usted lo que es el miedo? Yo sí, me he bautizado en su sabor amargo y he visto sus ojos sobre mis mañanas. Ahora no, ahora es otra cosa, que el tiempo no pasa en balde, pero mudar la piel tiene sus consecuencias. Luego, cuando te sale, es más sensible o más áspera, y además yo no estaba acostumbrado a llorar. Papá decía que no era cosa de hombres, papá decía muchas cosas... "Así es la vida, hijo, hay que aguantarla", y finalmente imponía su rústica aspereza. Fue entonces cuando empecé a hablar conmigo mismo, hasta que perdí la voz. Era hermosa mi voz, suave y plagada de ideas elaboradas, expuestas con mesura y elegancia, no en vano había dedicado yo casi la mitad de mi vida al estudio del lenguaje y sus implicaciones. De jovencito consumía tantas horas en lecturas, que mi abuela se preocupaba y solía decirle a mi madre: "Este muchacho va a ser anormal. No se relaciona con nadie. Lee y lee como si la vida entera estuviera en los libros. No se le puede ni hablar".

Después vino la Universidad. El viejo se sintió orgulloso de que yo, un hijo de "guajiro", fuera a pulirme a la capital. Y así fue, sólo que ya no regresé, nunca más volví a despertarme con el alardeo ruidoso de los gallos, ni con los rayos del sol metiéndoseme entre las pestañas. Hasta un día que me levanté con nostalgia y me dije: "Tienes que ir a pasarte una temporada con tu padre".

—¿Adónde lo llevo?
—Lléveme a Los Naranjos... Coja la carretera 7,

está en el kilómetro 4.

—Sí, ya sé, la finca de don Genaro Armada.

El chofer enfiló por la polvorienta carretera y yo volví a concentrarme en mis pensamientos. Le di rienda suelta a las impresiones que me asaltaron desde que el tren hiciera su entrada en el pueblito y yo identificara los vastos campos. Seguían teniendo el mismo verde apabullante e insolente. Demasiado color y demasiada luz para mis ojos acostumbrados al claroscuro de las ciudades. Mis zapatos estaban sucios. De pronto reparé en que mi vestuario no era quizás el adecuado. Pero ya no tiene remedio, pensé... El espejo retrovisor me devolvía una cara con ojeras y barba asomándose a los poros, que me daban un aspecto un tanto desmejorado. Al llegar a mi destino, me cerré la chaqueta, le pagué al chofer y emprendí el camino que me separaba de la casa.

Los primeros en darme la bienvenida fueron los árboles, especialmente el jagüey bajo el que pasaba horas durante mi infancia. Miraba al cielo con mucha calma y desde ahí abajo me sentía poderoso. Soñaba a mis anchas y todo el azul me caía encima como una mujer enamorada. Lo que pasa es que en aquella época, mujer era sinónimo de madre y de primas que venían de cuando en cuando a visitarnos. Desde allí todo se veía diferente, yo me sentía dueño del mundo, viendo a los peones trabajar y a papá ir de un lado para otro, dando órdenes a los capataces... La tarde que murió mamá, sólo el jagüey me vio llorar. Tenía yo 13 años. Meses después me despedí de Los Naranjos.

—Buenas.
—Pasa, pasa... Tú debes ser el hijo de Genaro. Adelante, tu padre anda de recorrido viendo los cañaverales, y no vendrá hasta más tarde... ¿Qué te apetece? ¿Un café, un jugo de frutas? ¿O quieres primero instalarte en tu cuarto? Me abrumó su sociabilidad, el citadino desenfado con que le hablaba a ese extraño que era yo... Claro, yo era el hijo de Genaro, y quizás a todos en la casa les bastaba con eso. Era, en definitiva, una visita avisada. La miré a los ojos y le sonreí, uso ese recurso siempre que no sé qué decir o qué hacer. Me bebí el café de un solo sorbo y le di las gracias. Fui a darme un baño, a sacarme con furia esa pegajosa sensación que me dejaba en el cuerpo el viento caliente del final del verano. Cuando regresé, me salió al paso.

—Ven para acá, ha cambiado el tiempo y ahora verás que corre un aire riquísimo. ¿Sabes? De no haber sido por tu llamada y todos los detalles que me dio Genaro acerca de tu llegada, no te habría identificado, aunque él siempre me advirtió que eras igualito a tu madre... Yo soy Matilde, bueno, supongo que ya te diste cuenta.

Habían pasado apenas un par de horas y ya hablaba conmigo como quien me conoce de siempre. "Eres muy inteligente", me dijo mirándome a la cara. No sé, pero me sentí incómodo escuchándola... Y luego: "Qué milagro que no te has casado. Creo que puedes hacer feliz a cualquiera". No contesté. Suerte que en ese momento estaba de espaldas, porque me sentí embarazado... Dos minutos después se viró y seguimos hablando, y hablamos hasta que vimos, entrada la noche, delinearse el cuerpo de mi padre en el zaguán.

Nunca hubo acuerdos, pero nuestros encuentros parecían regulados. La noche se hizo cómplice de las palabras. Matilde me escuchaba con tanta atención que aparentaba estar distante. Pero yo sabía que estaba ahí. Sus manos fueron su lenguaje. El día que cayeron sobre mi piel, me quemaron. Tenían el sabor de la vida; eran hechas a la caricia y a la búsqueda del placer de la carne. Fueron lo mismo un alga que una gaviota o una playa... A ritmo de lunas empezamos a vivir una vida en la vida. A reto con el tiempo, esa palabra que nunca, nunca, mencionamos. Yo quise envejecer rápidamente y hurtarme todos los milagros. Y así, amigo, se me escapó la voz, desnombrándola.

III

Yo tuve dos grandes amores en mi vida. Uno fue Matilde, aquella muchachona un poco joven para mí, de quien me enamoré como un condenao, cuando ya mis pies habían andado mucho trillo, y mucho atajo que habían corrido, perseguidos por algún toro bravo, allá en la finquita que tenían mis viejos a orillas del Tao. Pero era linda y me empeñé hasta que su padre me dio entrada en la casa. Llevaba ya como dos años de viudo cuando nos casamos. Al muchacho ya lo había mandao pal pueblo, pa que no se pasara la vida con las manos llenas de tierra como yo y, además, porque era fino como su madre, que Dios la tenga donde pueda... No sé por qué me pasan estas cosas por la cabeza hoy precisamente, hoy 8 de agosto, cuando cumplo un año de muerto; será por eso mismo, porque con mis ojos de muerto el mundo se ve diferente. Ca cosa va en su lugar, y uno tiene to el tiempo pa ver la vida que uno vivió allá abajo, porque entre revisar el ordeño y agitar a los capataces se me iba el día como na, hasta que regresaba a la casa cuando el sol se dormía sobre los cañaverales. No había mucho de qué hablar, y por otro lado yo, Genaro Armada, siempre fui hombre de pocas palabras, y a decir verdad, de poco pensamiento, de poco hilar. Eso sí, en hablando de las siembras y de los animales, nadie me podía ganar, no más de mirarlos ya sabía lo que estaba pasando; quizá por eso entendí perfectamente lo que la Chala me quería decir aquella tarde, con sus ojazos fijos en mi alma, tan fijos tan fijos que le corrieron dos lágrimas por sus mejillotas carmelitas. La Chala era una vaca particular, desde pequeña me le acercaba, le daba de comer, la acariciaba y la acariciaba, hasta que un día nos hicimos amigos. Me gustaban sus ojos penetrantes y algo tristones. Una mirada comprensiva como no la había recibido nunca de nadie. Quién sabe si la habitaba un alma de persona, que yo de esos razonamientos de la otra vida y del tránsito de las almas entonces no entendía na. Ahora toitico lo pueo ver mejor, la verdad. Será porque ya no me da dolor, ni alegría, ni to esa cantidad de boberías que hacían la vida tan angustiá. Ahora es como esas mañanitas cuando el sol empieza a calentar y la piel se le alborota a uno al sentir su caricia...

Lloró la Chala y lloré yo, no vaya usté a creer que de coraje. Lloré de no entender qué hacer o qué no hacer; de no saber mi lugar ni el lugar de los demás. Sentí su lengua cálida saboreándose mis lágrimas una tras otra, y sus ojos, esos ojos resignaos diciéndome: "Genaro, no es que esté bien, ni esté mal, es que está... Ésa es la vida y, aunque no quieras, va a seguir su curso."

A la Chala no le gustaban las despedidas, cada tarde era lo mismo. Le prometí volver al día siguiente, y su mirada suplicante me acompañó hasta que me confundí con el paisaje. Hice el camino de regreso llorando. Sentía caer mis lágrimas pesadamente, gordotas como la de esos aguaceros de mayo que vienen con vendaval. Lloré por to los años que en mi vida no lo había hecho, por los muertecitos que se acostaron desde tiempos atrás, y lloré por los muertecitos recién enterraos. Lloré por ellos y por mí, y por la Chala y su amor incondicional...

Regresé a la casa evitando que se me viera la angustia en la cara. Al otro día, me levanté con las gallinas. Les eché maíz. Noté que estaba faltando la Pinta. Recosté un taburete contra la pared, y me bebí el café de un sorbo apurao. Levanté la mirada por el caminito que enfila hacia los establos, y to el camino estaba florecío de "maravillas" y "esperanzas". Y bien sabía yo, sapo viejo de campo adentro, que no eran flores del lugar.

IV

¿Qué otra cosa podría haber hecho yo sino observarlo todo? Por un lado, mis ojos son bien grandes, como si la propia naturaleza se empeñara; y por el otro, es bien cierto que el arte de la observación fue siempre mi deleite, especialmente porque tenía yo una posición privilegiada: iba de aquí para allá, como pocos en la finca podían hacerlo. Así fue como escuché palabras y las fui juntando y juntando. Palabras de las que no debieron decirse y de las que una vez dichas, ya no hay quien las pueda regresar.

Lo vi venir desde el día en que me encontré a Matilde paseándose junto al muchacho. Traía un vestido de flores, que el viento juguetón le alborotaba, y un moño, allá en lo alto de la cabeza, como retando. Me espanté las moscas del cuerpo, disimulando que espiaba. Lo cierto es que, a partir de entonces, todo se hizo diferente en mi vida. No hay como ver amarse a los demás, para entender mejor los amores que no tuvimos o los que rechazamos. Así que viéndolos, observando sus progresos cotidianos, empecé a descubrir el porqué de mi desesperación vespertina cuando no venía Genaro. Que hay sentimientos como el vino, de los cuales una se olvida por años, pero al llegarte su sabor a los labios, ahí están, intactos.

Eran tan apasionados en su entrega, que a mí, observadora desde la distancia, me excitaban. Lo mismo les daba la yerba seca que la sombra provocada por la luna blanca. ¡Ay, qué manera de entregarse y refrenarse!... Una noche, ya todos dormían en la casa, los vi salir, prendidos de la mirada. Al poco rato empezó a llover; siempre llueve cuando pasan cosas buenas, y ellos así, como si nada. Se fueron luego a la casona de los trastos. Matilde lo arrastró, empujándolo con sus manos, trepadoras y astutas como río que sube la montaña. Él se dejó llevar, que lo han visto estos ojos, lo juro... Por un rato dormí, que luego me levantan a la hora del ordeño. Cuando me desperté los vi salir. A Matilde la cara le brillaba, tan ancha, que no hay sol matutino que me pueda servir para compararla. ¡La envidia que me dio! Y yo aquí, a expensas de visitas en las tardes. El muchacho tenía una mancha de sorpresa sombreándole la cara. Yo conozco ese miedo, que uno se asusta a veces cuando recibe mucho o cuando lo provocan y consiguen que se vuelva un animal salvaje, desbocado.

¿Que por qué se lo dije? Yo no sé, todavía me la paso preguntándomelo. Será porque esperaba unas migajas, como esas palomitas que se acercan por pan, cuando el mantel se levanta las enaguas. Será porque este vino es viejo y ya es hora de que alguien se lo beba hasta caer exhausto. Será porque era feo ver desatada la naturaleza de los hombres. Será que cometí un error y ahora arrastro esta culpa, y otras más que prefiero hasta olvidarlas.

Me dolió su dolor, ese gesto en su boca que se quedó prendido entre sus lágrimas. Lo miré seriamente. Le dije algunas de esas cosas inútiles que uno suele decir para alentar a los demás. Le dije que la vida es algo más que mentiras y trampas. Le dije que es así, que a veces uno da duro y otras veces es uno quien recibe todo el golpe, pero que luego el tiempo pondera los efectos y las causas. ¿Qué otra cosa podía hacer yo sino decirle de una vez su verdad, y que aprendiera luego a vivirla transformada?...

Espié todo el tiempo que duró el amor, o la entrega, o el capricho, el romance, o como se llamara. Espiaba en silencio. Levantaba una pata, y la otra, con gesto cuidadoso, evitándome así ser delatada al pisar la hojarasca que septiembre consagra. Allá arriba, impacientes, los pájaros sacudían sus alas.

Los vi irse al río, acompañados de esa primitiva felicidad que no deja lugar a razonamientos ni fanfarrias. Matilde presumía, se volvía hermosa. Sus ojos juguetones lo buscaban. Él siempre respondía, como un ciervo que disfruta en invierno del calor de las fogatas. Otra noche, recuerdo, me estremecí de pronto al comprobar la desnudez de los cuerpos deslizándose entre las aguas. Se despedían. Lo supe cuando el joven, recién envejecido, le dijo con firmeza: *"Si alguna vez supimos de la perfección, fue en este tiempo de luces y de sombras, de verdades y farsas".*

Después, usted se lo imagina, ya sabemos como son los "después": tal como el flamboyán, primero flores y luego vainas... Ahora, en las tardes, no hay nadie que venga a sostener encuentros con esta vaca a quien, de tanto espiar y soñar, se le fueron los ojos persiguiendo distancias.

LA ABUELA Y SU COMETA

Recuerdo con claridad aquella fatídica tarde del verano de 1986. Mi madre nos fue llamando uno por uno, a mí y a mis hermanos, obligándonos a comparecer ante el lecho de la abuela moribunda. Aquello fue toparme de narices contra una incógnita que, aunque desde ese momento han pasado muchos años, todavía no sé despejar. La muerte sigue siendo eso, un gran signo de interrogación, una habitación oscura de la que sólo vemos el umbral, un lejano y extraño país del cual ningún viajero regresa.

El primero en entrar a la habitación fue Carlos, que salió momentos después con la confusión retratada en su carita. A continuación llamaron a Jacobo, el favorito de la abuela, y por último me llegó el turno. Mi madre me dijo: "Acércate, Julia, quiero que la veas y te despidas. La abuela se nos va". En lo que ella, controlando el llanto, hablaba, yo miraba con atención la muerte ya retratada en el rostro de Nana, cuya palidez me recordaba las velas de la primera comunión... Todo era misterio. ¿Por qué morir? ¿Es también la muerte un regalo de Dios? Y si es así, ¿por qué mamá lloraba? Todo se me volvía confuso, pero no me sentí conmovida, sino más bien asustada. La anciana, vista desde mi altura —la de una niña de once años—, parecía empequeñecerse sobre la angosta cama. Qué poco quedaba ahora de su soberbia, de aquella mirada viva que nos alcanzaba en cualquier rincón de la casa y aun fuera de ella. Me acerqué, la besé no sin temor, y di gracias a Dios porque acto seguido mi madre dijo: "Hija, puedes ir a hacer tus tareas".

Abuela se moría, parecía cada vez más alejada de la realidad circundante. Colgando detrás de su cama, un Cristo benevolente lo observaba todo con cierta indiferencia. Más hacia la derecha, sobre la pared, un calendario dejaba constancia de la sucesión de días y meses.

El otoño pasó muchas veces por el pueblo. Un pueblito pequeño donde todos nos conocíamos. Carlos dejó de usar pantalones cortos, y yo me transformé hasta casi no parecerme a mí misma. Me enamoré de un profesor de Física. Con él me casé y tengo tres hijos. Jacobo, mi otro hermano, es diseñador y vive desde hace algunos años en

Nueva York. ¿Cómo podrá pasarse tanto tiempo lidiando con el frío? Una vez lo visité. La ciudad me pareció estupenda para unos días. Fuimos a museos, comimos en restaurantes atestados de gente y conversamos mucho. Los transeúntes más que caminar corrían. Le pregunté hacia dónde se dirigían, y nunca supo darme una respuesta satisfactoria. Los habitantes de aquella metrópoli parecían próximos a perder el último tren de sus vidas, como la abuela Nana, que por más que corre siempre pierde el tren de la muerte. Por eso, cuando suena el teléfono y al otro lado oigo una voz que dice: "Vengan, la abuela está agonizando, y no es justo que muera en esta soledad", no me apresuro a ir, preparo mis maletas con calma y recuerdo su promesa. Yo era muy pequeña y no comprendí bien lo que dijo. Algo así como: "Antes de partir, veré pasar tres veces el cometa Halley"…

La voz, al otro lado del teléfono, insistía: "Por favor vengan, estoy segura de que son las horas finales". Carlos también se disculpaba. Sonaba cortés pero convincente; y Jacobo inventaba algún viaje de trabajo y una frase elegante, mas ninguno de ellos llegaba hasta la vieja casona familiar. Así que yo era la única que acudía, dos o tres días después, para enfrentarme a ese proceso infinito de alargamiento de la vida de la abuela que, a la sazón, ya sólo ocupaba una cuarta parte de la cama y ni siquiera hablaba.

Ahora estaba yo sola, frente a la ventana de la habitación y contemplaba caer la tarde serenamente. Todavía tenía fresca en la memoria la última reunión familiar, a la que acudimos todos, con el pretexto de la muerte anunciada. La abuela se moría, sí, dijo en aquella ocasión la enfermera con su habitual profesionalismo. El cuerpo cansado de la anciana parecía dormir. Por un momento dudé que respirara todavía, hasta que mi prima Carmen, que se hallaba al extremo opuesto de la cama, me lanzó una mirada conspirativa, al tiempo que susurraba: "Ni lo sueñes. Sigue y seguirá viva mientras quiera... Después de todo, no será sino hasta el año 2061 que vuelva a pasar el cometa Halley."

VACÍO

Yo estoy sola, mucho más sola de lo que usted se pueda imaginar. La soledad me acompaña siempre. Una tarde, yendo de regreso a casa, el viejo mendigo de la esquina —porque no le di unas monedas— me lo gritó en la cara. Enfocó en los míos sus ojillos turbios de alcohólico empedernido, y me espetó: "Ande, váyase usted al demonio con su soledad". El vendedor de flores —comoquiera que me ve con frecuencia— también lo ha notado, no sé si será por la manera en que los gladiolos se me enfrentan, cayendo en mis brazos al descuido, dejándose llevar. Antes era diferente, las flores y yo teníamos cierta comunicación, nos unía una especie de complicidad, pero eso terminó. Antes, cuando yo las traía a casa, éramos como hermanas, brillaban y lucían ellas, brillaba y resplandecía yo. Las cuidaba, las cuidaba mucho. Siempre las ponía ante un espejo, logrando así que devolvieran su energía a toda la habitación. Es tanta mi soledad, que al bañarme, cuando deslizo suavemente el jabón sobre mi piel, ella está presente. Hay días en que tengo, por ejemplo, la inspiración de hacer una buena cena, algo diferente, más especial. Entonces me llego temprano al mercado y selecciono un buen pescado, bien fresco, que será, sin dudas, el plato principal. Llego a casa, y mientras lo preparo, no se me van de la mente los ojazos fijos con que me miró desde el mostrador de la pescadería, burlándose seguramente de mi soledad. Luego, a la hora de ir a la mesa, cuando lo como, escucho el chocar de mis dientes, unos contra otros, porque nada en particular reclama mi interés. Oigo, como si viniera de muy lejos, la voz de Paco, mi marido, argumentar sobre el último partido de fútbol.

Fíjese si tengo soledad, que puedo dedicarme por horas, como un explorador ansioso, a seguir el rumbo de las hormigas en el jardín. Ellas vienen... van..., y llevan su carga con tal ahínco, que despiertan en mí una envidia fatal. Me sacan lo peor de allá adentro, donde se esconde el verdadero yo, o el "súper yo", como diría mi amiga, la psicóloga. Porque el hecho de que tenga amigos no tiene nada que ver con esta soledad que me acecha, no, no —corrijo y sigo—, me acompaña. Sí, eso es, una compañía, una presencia siempre discreta.

¿Que cómo y dónde tiene sus orígenes esta locura?... En Acapulco, justo allí, frente al mar. Me quedé sola por un rato y aproveché ese momento de privacidad para descansar. Allí, en Acapulco, realicé mi primer viaje hacia la nada, a ese lugar vacío que todos llevamos oculto, pero que —por suerte para ellos— la mayoría de los seres humanos no acierta nunca a localizar. Claro que si los adelantos científicos siguen como van, en ese mapa genético pronto aparecerá y será marcado, dibujado con un color suave... Qué, ¿no me cree? Pues ya verá usted, se lo aseguro —como mismo hoy vemos un diagrama del corazón o de los ovarios, adornando las paredes del consultorio de nuestro médico y en los hospitales—, y dirá, apuntando con una flechita hacia la izquierda o hacia la derecha, acorde con las inclinaciones políticas del dibujante: VACÍO. Por lo tanto, he decidido pensarme una especie de navegante–investigador, porque yo sí encontré mi VACÍO. Claro que el problema no fue encontrarlo, sino obsesionarme en llenarlo. Inicialmente intenté divertirme; salíamos de juerga, íbamos al cine con frecuencia, me compraba un bolso nuevo en juego con los zapatos, como para animarme. Participé también en sociedades altruistas de interés diverso, organicé recogidas de dinero que luego aquellas organizaciones humanitarias enviaban a seres desvalidos que vivían al otro lado del planeta, y poco faltó para que aceptara algún amante. En cuanto a lo del amante, no era problema de escrúpulos, fue que no conocí a nadie que generara ese desconcierto interior, esa revolución tan necesaria para mí, antes de irme a la cama. Así, me convertí en mi propio Comandante Marcos, sólo que sin pasamontañas. Yo me conocía bien, y conocía muy bien, además, el color de mi vacío, su geografía volcánica.

Fue otra vez frente al mar. No sé qué extraño efecto tienen las olas sobre mí. Me desordena su exactitud, su desquiciada reiteración. Ellas también vienen y van. Vienen... se van... Pero prosigo, no quiero perder el hilo, le cuento: frente al océano estaba yo, mi yo, ya usted sabe, el "súper yo", y yo misma, esta que le habla, y de pronto, chasss..., me invade una sensación desconocida hasta entonces, a la que —si me lo permite— llamaremos compañía. Eso sí, ella es muy fiel, no me puedo quejar, vamos juntas a todas partes, y somos tan inseparables, que no me deja sola, ni siquiera cuando Paco y yo hacemos el amor. ¿Que si él no se da cuenta? No, qué va. Él está en lo suyo. Se acerca, me habla un poco al oído, si no tiene demasiada prisa acaricia mis senos, y un segundo después se cree dueño del universo. Minutos más tarde viene a caer vencido a mi lado, sumido en un raro sopor, un duermevela desanimado. Yo, mientras esto sucede, sigo mirando al techo, pero créame, ya no me siento tan vacía... Está conmigo la soledad.

THE TURNING POINT

Se desperezó al sentir que un rayo de sol calentó su cara. Dejaba la cortina descorrida con esa expresa intención. No soportaba los despertadores automáticos, ni oír la voz de su marido despertándola en las mañanas. Con gesto mecánico se puso la bata y caminó hacia el baño. Ya él se había ido. Estiró los brazos... Respiró profundo... Se relajó... Luego se dio una ducha y se vistió, con un poco más de prisa.

Disfrutaba poniéndose las medias. Las miraba con atención, y el gesto suave de sus manos sobre ellas, se le convertía en una caricia muy íntima. "Es que nadie como una conoce su cuerpo", pensó. Después, sus ojos recorrieron la habitación, meditando. "Grande, hermosa", se dijo, y alargó la mirada hasta encontrar las fotos de sus hijas. El rostro de Lucía denunciaba una mujer independiente, aunque un tanto dura. Unos ojos negros grandes, decididos, de esos que auguran a alguien que sabe dónde va, y que se cree capaz de conducir la humanidad entera a lugar seguro. La foto de Carmen mostraba una personalidad diferente. De su clara mirada emanaba algo suave. Cuando se enfrentaba a esa foto, se veía un poco a sí misma; de cierta manera se sabía ella. Ella otra vez... Ella repetida... Seguramente Carmen no reparaba en lo extremo del parecido. En esa aproximación que no sólo era física.

Continuó el recorrido por la galería de fotos familiares contigua a la habitación, hasta encontrarse con la de su primer nieto. Un simpático bebé balbuciente, como esos que aparecen en las revistas anunciando la llegada del próximo año. "Toda una familia", pensó, y se sintió cansada... "¿Cuál es mi sitio en esta fotografía? ¿Dónde he quedado yo?", sonrió, tenía oficio de sonreír. Las mujeres de clase media alta, profesionales como ella, conocían el arte de disimular, de bajar la voz, arqueando la línea de entonación hasta conseguir no transparentar sentimientos. Esbozó esa especie de sonrisa tras la que se parapetaban sus ansiedades. Lo intentó otra vez: sonrió y volvió a sonreír hasta que el espejo le dio su visto bueno, devolviéndole una imagen elegante, de mirada espléndida, que cualquiera habría calificado de cálida. Terminado el ensayo, pasó la mano por su falda estrecha, para asegurarse de que *Garzón* no hubiese dejado ni el más mínimo rastro sobre ella. Observó de nuevo la imagen que le devolvía el espejo, se aprobó y salió hacia el garaje en busca de su coche. A las dos de la tarde, como siempre, se encontrarían. Condujo su auto hasta la zona baja de la ciudad. El centro bullía ruidoso. Al llegar al restaurante, desenfadadas voces se entrelazaban con el sonido de los cubiertos. Era un lugar pequeño, con un patiecito interior en el centro y un verde jardincillo sin rosas, pero coquetón...

Esperaba... "Debe estar al llegar", meditó mientras abría su agenda y revisaba algunas reuniones y llamadas todavía pendientes de realizar. El camarero se le acercó y le dijo: "¿Va a comer algo la señora, o desea seguir esperando?"

Dejó pasar un poco de tiempo, luego miró su reloj... Por vez primera sintió miedo. Estiró las piernas en un gesto automático que repetía cuando estaba nerviosa, y presintió el final... Supo que no vendría más, que ya no la esperaría para compartir esas escasas horas, tres veces por semana. Esos tres cortos encuentros que eran el vórtice de su vida.

Al regresar a la oficina sintió que había envejecido. Tuvo pavor de los espejos. Sabía que le devolverían unos ojos sin brillo, una mirada que habiendo perdido su paradero, no volvería a tener fulgor ni ansiedad... Una llamada telefónica cortó su incipiente llanto. Sintió un salto en el estómago y se apresuró a levantar el auricular. Escuchó su voz. Esa voz que daba sentido a su vida... Ella también habló, desdoblando cada pliegue de su amor, de ese amor que hasta ahora sólo le había permitido ver en sus ojos, y se sintió miserable.

Salió apresuradamente de la oficina. El aire fresco del invierno le golpeó la cara. Y entonces sí lloró. Lloró como en esas madrugadas en las que *Garzón*, su perro, servía de único testigo... Lloró, como el día que perdiera su primer hijo. Pasó de viernes a lunes como pudo, sostenida por un actuar lento, rebuscado, evitando hablar, por temor a que algún detalle revelara su angustia interior. Y sólo se sintió libre cuando estuvo de nuevo entre las cuatro paredes de su despacho.

Miró el reloj. Faltaban quince minutos para las dos. Caminó como movida por una fuerza extraña. Tenía tanta prisa, que ni siquiera esperó el ascensor. Sentía que algo la impulsaba a salir a la calle. No quiso conducir, así que detuvo un taxi que se acercaba.

El restaurante estaba repleto, pero vio la mesita de siempre, allí, en el rincón, como esperando.

El *maitre* la reconoció y la condujo hasta su mesa favorita. "Enseguida viene alguien a atenderla", le dijo mientras la ayudaba a acomodarse.

Pasaron unos minutos que a ella le parecieron interminables, hasta que el camarero se le acercó de nuevo sonriente y solícito, preguntando, esta vez con cierta complicidad: "¿Va a comer algo la señora... O desea seguir esperando?..."

ANTONIA Y LA VIDA

A mí me llegó una muerte-premio, y me llegó cuando menos la esperaba. ¿Hay alguien que espere la muerte?... El médico, un tipo aburrido, con gafas, me miró fijamente, dictaminando la sentencia: el corazón. Eso fue todo. De mí no quedó nada. Mis 48 años se desinflaron de pronto, dando lugar a ese vacío que todos se aprestan a llenar, en ése ir y venir que ocupa a la familia cuando hay difunto; y si éste es, en términos prácticos, una especie de eje o de coordinador familiar, ni hablar, y si no, diga usted, Encarna, que pasó por algo semejante, y lo que ha tenido que sufrir desde acá, viendo el desbarajuste que les vino después de su ausencia: que si Vicente se divorció, que si Salvador y Francisca ya no parecen hermanos, y el viejo abandonado, ¡quién lo iba a pensar! No, si yo lo digo siempre, entre la vida y la muerte sólo hay un hilito, así de fino, nada más; el resto son figuraciones, inventos que el hombre fabrica y que se empeña en creer y en hacérselos creer a los demás. Pero bueno, a lo que iba, me llegó de pronto, porque yo me hubiera ataviado para esperarla. Me habría gustado que fuera como una celebración, algo íntimo, con la luz tenue y un buen vino que escanciar. Por supuesto, después de darle una última vuelta a mi jardín y de regodearme viendo las gardenias crecer. También me habría gustado abrazar con más fuerza a mi perro, pero como dice el refrán, "*el hombre propone*", y como digo yo, "*la vida dispone*". ¿Que si habría cambiado algo? Quién sabe. Sí, quizás... Le habría dedicado más tiempo a Antonia Rosas, permitiéndole satisfacer ciertos antojos. No, no, Encarna, apague esa mirada, no es nada lujurioso, me refería a una temporada en la playa, a solas, quiero decir sin los hijos, sin el pobre Paco, que era un marido muy bueno, pero con quien nunca tenía de qué hablar. Unas vacaciones sola, digamos, conocería gente nueva, de otros pueblos, de preocupaciones e intereses diferentes, pero sobre todo, sería yo: Antonia... Antonia Rosas con 30 espléndidos años, las caderas firmes, el paso cadencioso, el pelo castaño batiéndose ante el viento marino, y mucha fibra, Encarna, muchas ganas bajo la piel. Y en las tardes, cuando el sol suavecito se deslizara por el poniente, disfrutar del graznido de las gaviotas, ver como se le entrega el día a la noche, y como la noche lo recibe, con su cuerpo abierto de par en par. Por eso ahora me recrimino, cuando ya no tiene remedio, me dirá usted. Sí, pero no está de más meditar. A estas alturas no sé cuál puede ser el aporte de estos pensamientos, pero le juro que no se me quitan de la cabeza, y me veo haciendo tantas cosas que no hice... También me hubiera gustado pasarme seis meses en algún pueblito de Europa, de esos que son como las postales, pueblos donde nunca llegará la prisa, el ruido de los automóviles ni las aglomeraciones de la ciudad. Comprar el pan por las mañanitas, y que en unos pocos días el panadero, reconociéndome, me llamara por mi nombre. Un pueblito apartado, silencioso, donde las noticias que lleguen sean viejas y ya no haya cómo componer los asuntos, porque la vida se quedó parada esperando que se la trajeran de la capital. Y desde allí convocar a mis hormigas, todas las hormigas que he llevado dentro tantos años, y dejarlas que se asomaran atrevidas a mi propio umbral. No, no se asuste, conozco bien los límites. Pero así fueron las cosas, mi querida Encarna, que una se distrae, va dejando todo para mañana, y mire usted lo que me ha pasado, a los 48 años, todavía con tanto ruido en el alma y tantas cosas pendientes... De todos modos, si se espanta, es suyo el derecho de no seguir escuchándome, no crea que se lo voy a tomar en cuenta, ¿cómo hacerlo si yo misma, hasta ahora, nunca me había atrevido a decírmelo? Ha tenido que suceder esto... Pero sabe, empecé y no voy a parar, ¿le conté ya lo del forastero? Pues verá, ahí sí que se me rompieron todos los patrones. Cuando lo veía, una alarma me recorría el cuerpo, como si Dios no me tuviera piedad, hasta que un día me dirigió la palabra y del "*hola, qué tal*" pasamos al deseo. Entretejimos tales conspiraciones, mensajes resueltos entre sus ojos y los míos, delante de los demás, que llegamos a crear nuestro propio código de comunicación. Pero me faltó la muerte, Encarna. De haberla ya conocido, seguramente el forastero y yo nos habríamos encontrado en un hotelito discreto, de esos que crecen en ciertas callecitas, al borde de cualquier canal. Fue una época grave. Recuerdo que mi buen Paco, por aquel tiempo, estaba más marido y más noble que nunca, me decía "*mi cristal*"... Claro que hubo más tentaciones, que oportunidades siempre aparecen, lo difícil es el arte de esquivarlas, y en eso yo había sido adiestrada desde pequeña, *"níña, que no te mojes... niña, compostura delante de las visitas... niña, pide permiso para hablar"*. Luego ocurrió algo que me tomó por sorpresa, fue como un preámbulo de la muerte —en términos del asombro, digo. Ese día debía recoger a mi hija en la biblioteca. Cuando llegué, ella hablaba con alguien que lucía tener unos 30 años. Por un momento el ambiente se enrareció y el suelo se desplazó bajo mis pies. Más que sorpresa fue miedo lo que sentí. Así las cosas, quedamos en vernos de nuevo, y lo hicimos con cierta frecuencia. Conocernos fue un acto de magia. Un día tomábamos el té, otro nos encontrábamos con el pretexto de... qué sé yo, el pretexto más insignificante. De pronto me vi asistiendo a todas las conferencias de la ciudad; descubrí a los egipcios y a los griegos —vicios y Partenón incluidos— hasta que planté en el patio de mi casa una inmensa catedral gótica que se estiraba hacia el cielo bajo mi mirada, como yo crecía bajo la suya. Me hice demasiadas preguntas, el miedo me sembró contra la costumbre y, una tarde, mientras tomábamos café frente a una plaza donde una pareja exhibía su amor a rajatablas, bajé la mirada y concentré mi atención en el acto de endulzar el café, al escucharla. Su voz, hasta entonces audaz y cálida, se tornó lacerante cuando me dijo: "*Éste es el último café*". Me quedé callada por un rato; afortunadamente pasaba por allí un amigo común y se detuvo un momento para saludarnos. Miré el reloj, había quedado con Paco en que lo acompañaría a comprarse dos trajes que necesitaba. Me porté todo lo serena que pude. El espejo de enfrente me devolvía mi cara carcomida de temores e incógnitas. Ana esbozó una sonrisa que me dolió, y se fue... Y así, como la muerte vino a buscarme sin aviso, así vino a buscarme la apatía... A partir de entonces, las tardes de té perdieron su encanto, y dejaron de publicarse nuevos libros. Se lo aseguro, Encarna, me faltaba la muerte para vivir la vida. Poco a poco, se me fueron quedando las cosas sin hacer, hasta que la muerte se enamoró de mis 48 años. Después de todo, me fui sin tiempo para las despedidas, pero no me quejo, y por eso la llamo muerte-premio, muerte-galardón, muerte-recompensa... ¿La abrumo? Gracias por su paciencia, no sabe el bien que me hace. Usted sí sabe escuchar, porque así es como se escucha,

con los ojos bien abiertos y sin decir palabra...
¿Qué me decía?... ¿Decía usted algo...?

—¡Mamá, mamá!... ¿Qué tienes?... ¿Qué te
pasa?
—Nada, hija, nada... Sólo soñaba...

PURO TEATRO

Se echó lentamente hacia atrás buscando apoyo en la pared y tomó un poco de aire antes de decirme *"por ti siento algo muy especial"*, al tiempo que movía su mano derecha indicándome el centro de su pecho. Eso fue todo, porque no le permití que continuara hablando. En realidad, con aquella expresión me bastaba. Lo que no sé es cómo luego me las arreglé para sobre esos endebles cimientos levantar tan alto y complejo edificio. Pero en el ámbito de las emociones, las mujeres somos así, claro que en su mirada aquella tarde fatídica se evidenciaba una entrega que nunca antes me había mostrado. Se había quedado en su última piel y tuve el privilegio de presenciarlo.

Por aquellos días vivíamos en una atmósfera difícil y todo nos abrumaba. Además de los problemas personales que cada cual aportaba a la relación, se veía venir lo de la guerra. El país atravesaba una crisis económica que amenazaba con desembocar en una recesión y todos nos sentíamos inseguros. Un verano abrasador, a pesar de ser todavía fines de mayo, contribuía a que las reacciones humanas fueran menos sopesadas, más espontáneas. A veces me pregunto si ese circunstancial elemento la ayudó. Probablemente la alta temperatura contribuyó a que al menos por una vez me hablara con absoluta honestidad, con muchísima entrega. Pero me bastaron aquellas escasas palabras para formarme una historia de amor en la cual fui yo la principal y única protagonista. Yo la mujer enamorada, la mujer despechada, la celosa que rumiaba su dolor detrás de una ensayada y convincente sonrisa. Yo era la actriz principal. Una actriz que se movía sola en el escenario, pero que se sabía acompañada por todos y cada uno de los que día a día me veían actuar. Claro que en esta obra tú te mereces el crédito. Todo el crédito es para ti. Estudiando tus movimientos: el arqueo de tus cejas, el disimulo con que me saludabas en público y hasta el esfuerzo que en ocasiones hacías por demostrarme lo poco que te importaba ya este amor, fue como me entrené. Te espiaba y quería imitarte. Me especialicé en llenar vacíos: llené búcaros de flores, compré muebles nuevos y alquilé gestos lentos que pagaba a bajo interés en el mercado de las ilusiones. Así, entrando cada día en tu personaje, aprendí a vivir sin necesitarte y sin tener que buscar tus ojos ansiosamente, esperando reafirmar en ellos una complicidad que yo no me había inventado.

Desde que no nos vemos con frecuencia han pasado dos o tres veranos. La contienda bélica por fin terminó y la economía se mueve saludablemente, al menos eso afirman los diarios. Yo también he cambiado: ahora estoy en plena capacidad de recostar mi cabeza contra alguna pared, inhalando el aire como si en ello me fuera la vida, y puedo decir un *"por ti siento algo muy especial"* capaz de convencer al espectador más exigente.

DEMASIADO LEJOS

**** ….Ahora todo queda demasiado lejos", se quejó la anciana, desviando su mirada de la mía. En ese momento reparé por vez primera en ella y la detallé. Tenía una nariz que, vista en retrospectiva, debió ser el eje de un rostro hermoso; unos ojillos negros muy agudos y una piel de trigueña deslavada, como decían allá en mi pueblo. Cubría su encorvado cuerpo con un vestido de óvalos pequeñitos, algo desteñido por el uso. Solía venir a nuestro establecimiento dos o tres veces por semana. En ocasiones compraba algunos alimentos y otras sólo miraba la estantería por largo rato, recorriendo pausadamente cada pasillo. Después, se despedía con una media sonrisa y se alejaba con paso lento.

Era sábado por la mañana. A esas horas llegaban muchos clientes, hacían preguntas, les saludábamos y les atendíamos con cierto especial cuidado.

—Sí —dije dirigiéndome a una señora

norteamericana que chapurreaba malamente el español—, aquí están las fresas que nos encargó por teléfono... Pero permítame sugerirle que eche un vistazo al mostrador, porque acabamos de recibir unas manzanas preciosas.

—Oh, gracias –me contestó con marcado acento, agregando además un mecánico "*thank you*".

Entregué un vuelto, levanté la cabeza de la caja y la vi entrar. Un bastón le ofrecía apoyo. En el brazo izquierdo cargaba una negra y muy usada cartera de piel.

—Muy buenos días... ¿puedo ayudarla en algo, señora?

—Caridad Domínguez, para servirla —respondió amistosa. Y con esa incidental dimos inicio a un intercambio que facilitó ir conociéndonos. Yo la escuchaba con atención acumulando, entre una y otra venta de cualquier producto, datos sobre su pasado. Nunca le pregunté. Me limitaba a escucharla. Notaba que se sentía cómoda. Sus visitas a nuestro negocio se hicieron más frecuentes. Venía sola. Me contó que su pensión llegaba fielmente cada mes en depósito directo al banco, desde los Estados Unidos. Allá habían quedado años de juventud, había disfrutado del amor, había tenido hijos y una larga carrera periodística en la ciudad de Nueva York.

El cielo se tornaba gris y por aquellos días el aire frío denunciaba la entrada de un agresivo invierno. Llegaba Navidad. Esa mañana Caridad entró envuelta en un abrigo marrón. Me saludó, mientras abría los primeros botones de su chaqueta y se aflojaba con suavidad el nudo de la bufanda. Caridad languidecía, como si cada invierno vivido le cayera sobre los hombros. De pronto recordé que nunca me había hablado de donde nació. No mencionó su país de origen y tampoco dijo el nombre de sus hijos. Recorrió, mirando atentamente, cada línea de los productos a la venta en el mercado, sin adquirir nada. Ningún turrón, ningún vino, ni siquiera unas lonjas de aquella cecina que con tanto gusto compraba cada semana. Observé que abandonaba el establecimiento y me apresuré a alcanzarla. Le obsequié una caja de chocolates y le advertí:

—Esto va por la casa. ¡Feliz Navidad!... Y a propósito, ¿mañana se reunirá usted con su familia?

Me dirigió entonces aquella mirada que nunca entendí.

—Ahora todo queda demasiado lejos —dijo volteándose sin siquiera despedirse.

Por unos días la extrañé. Pensé que las bajas temperaturas conspiraban contra nuestra clienta. La vida seguía su curso y el pequeño negocio con el invierno prosperaba. No sé, parece que a todos el frío les diera hambre. Una mañana, revisando los periódicos al tiempo que desayunaba, atrajo mi atención un titular. Puse la taza del café sobre la mesa y, de momento, un escalofrío me recorrió el cuerpo mientras leía tratando de asimilar la noticia:

"Una anciana millonaria, vecina del madrileño distrito de Chamberí, se suicida después de legar toda su fortuna a favor de la propietaria del mercado donde solía hacer sus compras".

LEJANÍAS

❚❚ Todo para ir a descubir que cada minuto es importante, sin que dependa de unas circunstancias más o menos espectaculares o estrafalarias", pensó.

Sus ojos proyectaban hoy una tristeza casi lírica, desproporcionada al tamaño de la vida, a la redondez de los polvorones que un rato antes extrajera del horno, ardiendo lejanías. No era su tristeza una emoción vieja, sino un sentimiento más bien emergente de la nada cotidiana, tan palpable como en la literatura de Zoe Valdés. Una tristeza niña, primaveral, ante la que sucumbía.

Caminó despacio y con gesto suave se recostó a la ventana cual paloma que se posa en un altar. Desde allí podía ver un paisaje reconocible, tan familiar como aquel monótono vivir en que se habían sumido sus últimos diez años. Ante sus ojos desfilaron apiñados los arcillosos tejados. Las tejas redondas se le antojaron voluptuosas caderas de mujer. Un poco más lejos, la cúpula de una iglesia se insinuaba hacia el cielo con decisión, y manadas de inquietas golondrinas viajaban de un sitio a otro. ¿Qué hacer ahora con tanto tiempo libre, sin siquiera un ser humano con el que sentirme obligada, agradecida o agraviada?

La mujer movió la cabeza como si con el gesto lograra apartar las interrogantes que semejando animales recién liberados arremetían contra ella, y por mucho tiempo se mantuvo quieta en la misma posición. El tiempo atravesaba ventanas y puertas sin ser tomado en cuenta, mientras en su memoria repasaba viejas fotos, estampas de momentos de rigurosa felicidad o de infeliz desencuentro. Se la vio luego moverse en sentido opuesto a la ventana y con pasos rápidos recorrer de un lado a otro la habitación. Los ojos de Luz —porque así debía llamarse aquella mujer— tenían ahora la transparencia del que sabe, del que ha logrado develar todos las incógnitas de la sabiduría, de las dudas. Ella era su dios y su profeta. Ahora se trataba de aprender a ser su propio discípulo. Un discípulo capaz de seguir a su líder con total convencimiento y libertad.

El reloj del salón marcaba la misma hora de ayer y de las tantas tardes en que sus pasos la condujeron hasta esa ventana. "Exactamente las seis", dijo en voz alta. Y, volteándose, comenzó a discursar: "Yo a veces te veía como de muy lejos. Las emociones de los primeros tiempos, ahora desaparecidas, dieron paso a esa lejana distancia desde donde te observaba. Era capaz de notar y disfrutar con gran placer estético de tu belleza, tu poderosa nariz, la firmeza de tu mirada, el color de tus ojos; pero me había ido demasiado lejos como para amarte otra vez, incluso demasiado ajena ya, como para odiarte. No recuerdo con exactitud cuándo tuvo lugar aquel desprendimiento, quizás porque por intuición insistimos en olvidar precisamente ese momento donde nos separamos de nosotros mismos y nos alejamos sin remedio del otro, como quien apaga una habitación dejándola atrás con sus fantasmas, para que muebles, mesas, sillas y lámparas se narren sus historias y fracasos, o para que rían a nuestras espaldas de las inseguridades que arrastramos. Yo te veía desde muy lejos, desde una inalcanzable lejanía, y a veces, ya no te veía."

Llegaron los pájaros nocturnos. La sombra de la noche hincaba los rincones de la casa. Del exterior, como rayo lunar, una transparencia caía sobre aquel rostro amado y olvidado. "¿De qué servirían ahora sus ojos sin color?", pensó, terciando ligeramente su cuerpo sobre aquel otro cuerpo inmóvil. "Ya no quiero volverte a ver. No extenderás tus dedos largos sobre la taza del café, exigiendo un poco más... Vas a morir hoy", dijo, cubriéndole con una sábana.

De la mirada de la mujer salió un destello fulminante. Caminó nuevamente despacio hacia la ventana y oteó el horizonte como un animal satisfecho. En la oscuridad, inseguras, se veían brillar algunas estrellas. "Tampoco voy a llamar a la policía. Para que tu muerte sea verdadera, será necesario algo más radical. Una ausencia prolongada, un apagarse y perderse hasta que me olvide de que todo lo que tocabas se volvía mortal".

El hilo de sus pensamientos fue interrumpido por un ruido. Llamaban a la puerta, pero no se movió. Sabía que tampoco ella regresaría.

ESPERANZA

Yo me llamo Úrsula, Griselda, Luisa, Bertila, Angélica, Hortensia, Martha, Elizabeth, Azucena, Liuba, María y algunos otros nombres por los cuales me llamaron mis padres antes de yo nacer, en lo que se decidían por uno que le gustara a ambos. Nueve meses oyéndolos llamarme de diferente forma sería lo que dio lugar a mi carácter inseguro, inestable. Porque lo confieso, yo no sé exactamente quién soy ni cuántas mujeres me habitan. Durante aquellos siete meses, otros dos que ya le habían robado a los convencionalismos sociales de la época, y antes de que yo fuera definitivamente Esperanza, no se cansaron de hacer listados de nombres, tanto nacionales como extranjeros. Más adelante, en los días en que andaba yo "saltaperiqueando" por ahí, jugando *"a la rueda rueda, de pan y canela"*, pasé a ser "la niña", "la jabá" —en un intento inútil de mis compañeros de clase para humillarme— y "Bebé", cuando me descubrieron los hombres.

Bebé sería, entre los sobrenombres, el más

significativo en la vida de Esperanza porque, como ella misma decía, le vino de los hombres. En La Habana, agosto resulta un mes particularmente molesto, en especial si tenemos que emprender caminatas prolongadas y no disponemos de una buena sombrilla bajo la cual poder protegernos de aquellas temperaturas calenturientas que trae el verano caribeño. Y Esperanza —todavía Esperanza y no Bebé— no disponía de dólares para adquirir una. Sus padres, simpatizantes del régimen desde el principio, provocaron una total escisión en la familia, cuando todos los parientes les comunicaron que habían decidido emigrar al no encontrar otra solución para tantas frustraciones sociales, económicas y políticas, y ellos escogieron proseguir su azarosa vida dispuestos a todo, siempre que ese "todo" estuviera al lado de la Revolución. De manera que "con la Revolución todo, contra la Revolución nada" era la premisa que a Ángel y Cándida les proveía de un sentido de dignidad humana. Por eso, al final, decidieron que _Esperanza_ sería el nombre perfecto para su hija.

Pues sí, lo de Bebé se lo debo al italiano aquel

que vi llegar como enviado del cielo cuando el transparente día de verano se tornó tormentoso, y por encima del Malecón cruzaban con agilidad unas nubes negras que auguraban tormenta. Tuve pánico de que el chaparrón echara a perder el único "pulovito" decente que tenía, y eso gracias a la generosidad de una amiga cuyos familiares le enviaban remesas de dólares desde el exterior. Ella sí que era de las privilegiadas, porque además de bicicleta poseía una hermosa sombrilla. Claro que yo no sabía que aquel espécimen misericordioso que se interponía entre el aguacero y yo, era un extranjero. De momento pensé que se trataba de algún conocido del barrio, que me había identificado. Peo no, era un hombre mayor que se expresaba en un español muy raro. Fue el primer italiano que se cruzó en mi vida.

Bebé y su italiano apenas podían entenderse. Para llegar a comunicarse fue necesario, además del lenguaje extra verbal, una gran dosis de buena voluntad, algo de inglés —lengua compartida por ambos—, y dos o tres helados en el segundo piso de "Coppelia", lugar hasta entonces desconocido para Bebé, que sólo disponía de moneda nacional.

—¡Ay, Dios mío!... Éstos sí son helados —pensé, aunque no hice ningún comentario en voz alta. El día de nuestro segundo encuentro, Renzo venía con un paquetico en las manos. Era un regalo para mí. —Como no sabía tu número de zapatos, te compré un pomo de perfume y dos esmaltes de uñas, me di cuenta de que te gusta pintártelas —y sin dejarme reaccionar, continuó diciendo—: El viernes salgo para Varadero, ¿por qué no me acompañas? Será sólo por tres días... ¿vendrás?

Me quedé sin aliento... "Vaa...raa...dee...ro", repetí casi jadeando. Cuando me recuperé le dije que tenía que pensarlo, que si me decidía a ir lo llamaría al hotel.

Lo primero que hice fue buscar a Sandra. Ella había sido amiga mía desde la escuela primaria, y como estudiaba en la Facultad de Medicina y yo estaba en segundo año de Lengua Inglesa, habría menos posibilidad de que, aunque cometiera una indiscreción, se filtrara entre mis compañeros de aula. Además, la última vez que hablamos, me dijo que estaba visitando una iglesia con cierta regularidad, por lo que me pareció la confidente idónea, así que nos encontramos en el lugar convenido. Sandra llegó radiante, como siempre. Vestía un "jean" azul claro y una camisa blanca de lino, que combinaba con unas preciosas sandalias de tacón alto. El vestuario y su soltura le daban un aire de "extranjera" fenomenal. Se lo conté todo. Todo quiero decir lo de los regalitos, lo de los helados y, por último, lo de la invitación a Varadero. Le expliqué que me sentía insegura, que casi no podía dormir. Siempre había soñado con conocer la famosa playa matancera, pero tenía dudas. Me vería obligada a mentirle a mis padres, que era lo peor. Sandra soltó una carcajada, volcando sobre mí una mirada llena de sarcasmo al preguntarme:

—A ver, dime... ¿de dónde tú crees que yo saco toda esta ropa?... ¿Con qué crees que comemos nosotros? Y comemos bien, ¿sabes?, muy bien... Pues con lo que me busco, vieja. Déjate de escrúpulos, que hay muchísima gente en esto, aquí mismo en la Universidad. Regresé a casa con un sabor raro en la boca. Sentía ganas de vomitar, pero no por mí, sino por ellos. Me provocaban ira y pena a la vez. Cuando entré a la casa, Ángel, mi padre, leía un maltratado periódico de segunda mano, que un vecino le prestaba gentilmente cada tarde. Cándida, mi madre, aquella mujer que había visto gastarse la mitad de su existencia entre largos discursos y propuestas inútiles, me miró como intuyendo una catástrofe, y ahí mismo le lancé:

—Me voy para Varadero con un amigo... Un amigo italiano 20 años mayor que yo, y te lo digo para que cuando llegue el chisme ya tú estés enterada... Me voy a meter a "jinetera", no me quiero pasar la vida como ustedes.

Hoy volví a verla después de quince años... ¿Serán exactamente quince años?... En mi condición de cardiólogo, formo parte de la delegación barcelonesa que asiste a un encuentro científico en Miami Beach. El acto de bienvenida incluía una cena de gala en un lujoso hotel frente al mar. La casualidad hizo que los sentaran frente a mí. Él es un eminente médico que me había impresionado mucho por su brillante ponencia el año pasado en Brasil. Nos saludamos.

—Ésta es mi esposa —indicó mirándola, mientras desplegaba una amplia sonrisa al presentármela-, mi esposa "Hope" Villamil... Es

una broma, por supuesto, se llama Esperanza, pero yo le hago a traducción y le digo "Hope".

¡No lo podía creer!... Era Bebé, la "jinetera" habanera a quien yo, algunos años atrás —y más por misericordia que por pasión— había ayudado a salir de la Isla. Hice como si la viera por primera vez, y Bebé, ahora toda una señora desenvuelta y elegante, hizo lo mismo. Un radiante sol asomado al cielo de Miami nos hacía sentir el mismo calor que en La Habana, sólo que, seguramente, ya Bebé tendría una buena sombrilla.

REENCUENTRO

Este parque me recuerda aquel otro de La Habana, aunque no tiene la misma vegetación, ni están tan cuidados sus jardines. Tampoco para llegar a él hay que subir cuatro o cinco peldaños que lo separen del nivel de la calle. Éste descansa a ras de tierra, por eso luce menos orgulloso. Sí, porque hay parques soberbios, distantes, como si copiaran nuestros propios defectos. Pero algo tienen el parque habanero y éste en común, que me hace recordarlo, porque lo que soy yo, sé que ya tengo muy poco que ver con aquella muchachita a quien se le mancharon los ojos de asombro en su primera visita a la capital. Pero me lo recuerda. Déjame ver... serán los bancos o los niños que corren persiguiendo mariposas escurridizas. Después de todo éste, como aquél, es un parque de barrio, sin grandes pretensiones. Lo descubrí una mañana cuando cruzaba en busca del periódico —que si 50 *muertos aquí*, que si *revueltas sociales por allá*, que si *una madre se suicida tras haber matado a sus hijos* —, hasta que mis ojos cayeron sobre él. Desde entonces vengo cada vez que puedo, especialmente desde que nos hicimos amigas, mejor dicho, desde que iniciamos nuestras charlas.

—¿Verdad que tiene algo de especial este lugar? –me dijo. Levanté mis ojos del diario, quise darle la impresión de que estaba concentrada, para desalentarla.

—Espero no molestarla —recalcó, y su voz se hizo suave, aunque insistente–, pero mire, ¿ve allá, los dos árboles más robustos, los de la esquina?, quién sabe qué historias nos podrían contar si dedicáramos un poco de tiempo a escucharlos. Pero corremos de un lado para otro. Nunca tenemos tiempo para nada, y mucho menos para los árboles...

Hice como que volcaba de nuevo mi atención en el diario. La mujer calló, pero no se fue. Yo terminé mi lectura en paz, y cuando me marché ella seguía allí con los ojos fijos en la nada.

Busqué con la mirada mi banco favorito y fui hasta él. Esta vez no compré el diario. Quería estar ajena a todo lo que sucedía en el mundo. No más gobiernos corruptos, no más emigrantes perseguidos, no más latinoamericanos hundiéndose en la miseria. Sólo quería dejarme estar hasta llenarme de vacío. A veces, sucedía que ese vacío se desbordaba en imágenes involuntarias, recovecos de la memoria que se proyectaban desafiantes haciéndome rotar, como la "Giraldilla" habanera cuando es azotada por los vientos del norte. Entonces la vi. Tenía entre sus manos una flor que acariciaba con esmero. Hablamos un rato y casi al marcharse me dijo:

—Toma... Flores blancas son siempre flores de paz. Una especie de puente en el que caben todos los colores de la vida.

Se levantó y salió caminando lentamente. Yo la seguí con la mirada hasta confundirla con otros transeúntes.

No volví en varios días al parque. Es más, cuando regresé cambié mi horario, porque para algo escogí vivir sola. Abandonar a todos tiene su precio, y yo pagué el mío, para que ahora vaya a tener que aguantar interferencias de ajenos.

—Hola, la había extrañado. Venga, siéntese. A esta hora es mucho más hermoso, ¿no le parece? ¿Vio cómo cambian las hojas sus matices? Pura pasión esos colores, se le meten a una por los ojos y...

Me sorprendí contestándole, quizás porque la tarde era especialmente espléndida y las hojas de los árboles se movían inquietas al vaivén del aire otoñal. Algunas no aguantaban la presión y se precipitaban al suelo. Qué espectáculo maravilloso, pensé, mientras escuchaba con deleite ese sonido que, maldito sea, me vuelve a trasladar a aquel otro parque de barrio. Las retrospectivas me hundieron poco a poco en el silencio, ese silencio interior lleno de ruidos: una bicicleta vieja, la tía que me auguraba ciento por ciento un mejor porvenir, los labios atrevidos y viriles del primer novio, los mítines de repudio de los extremistas del barrio...

A mi lado, ella elaboraba un discurso paralelo, encomiando la naturaleza que nos rodeaba, pero yo no la oía.

Dicen que puede más la perseverancia que la astucia. Aquella mujer se las había ingeniado para que yo, cada tarde, escuchara sus observaciones, las compartiera y la ayudara a entretejer un nexo que nos estrechaba cada vez más. Hablo de ese imbricado extraño que producen ciertas almas, para quienes el nombre, el sexo o la edad es asunto sin importancia. Me habló de su familia, de lo difícil que le había sido desarraigarse, de cómo la golpeaban las tardes de invierno. Me dijo que tenía un perro manso, de ojos absolutos y pies gastados.

Ignoro el tiempo exacto que estuvimos hablando, pero en aquellos encuentros cada cual desgranó sus historias favoritas, sus inseguridades, y expusimos las secuelas que el desamor nos dejó en las intenciones, hasta descubrir que teníamos algo en común: una psiquis dada a los retos y otras abstractas ambiciones. Así, sumamos las tardes en que vimos el sol desdoblarse hasta llegar a varios dígitos. Yo entraba en su alma con la facilidad con que atraca el aire en los pulmones. Ella cada vez se acomodaba más y más en las frases, como si en cada una le fuera la vida. A veces bajaba tanto la voz, que dejaba de oírla. Poco importaba. Le conocía el rumbo a sus palabras, y una historia sucedía a la otra como se suceden las espigas en los campos de trigo.

Con la llegada del invierno vimos espaciarse aquellas tardes de placer, ahora matizadas por un gris determinante. Un gris que me alejaba de mis memorias, provocando cierta asepsia mental, para dejarle más espacio a ese nuevo yo que me había forjado en los años de exilio. Eché una mirada sobre mi casa y me pregunté: ¿a cuál de las dos se parece? ¿A la que fui o a la que soy? Abrí la ventana para calcular un poco la temperatura antes de lanzarme a la calle. El frío era soportable. Cerré con cuidado la ventana, me puse una chaqueta encima de la blusa y salí en busca de cualquier diario vespertino que incluyera la cartelera teatral. Habíamos quedado en vernos y en tomarnos un café juntas.

En unos minutos estuve en el parque. Llegué hasta el banco. Me senté. En el banco de enfrente, dos viejitos discutían amigablemente el último intento de golpe de estado en no sé qué país. Yo me dispuse a buscar una obra que me interesara. Hacía planes para el sábado. No quería gastar la tarde sola. No resisto los sábados en soledad... Miré el reloj y me dije: es tarde, hoy no viene... Debo comer algo, pensé. Elegí un restaurante localizado al doblar de la esquina próxima, un lugarcito acogedor atendido por una familia veneciana. Llegué hasta allí y pedí que me sentaran en una mesa cerca de la ventana.

Sintió que era observada. Levantó los ojos del plato y tropezó con la mirada de un hombre joven. "Todavía puedo gustar", pensó mientras comía. Después caminó un rato y regresó más tarde a la casa. La invadía una especial sensación de incertidumbre. Sacó del bolso su llave, abrió la puerta, encendió la luz y la vio. Tuvo unos momentos de confusión, pero luego se reconoció. De sus ojos salieron, como espantadas, montones de preguntas.

—Hola, te esperaba. *Estoy aquí mucho antes de que llegaras a esta casa... Y hablando de casa... ¿A quién se parece más? ¿A ti o a mí?*

Impreso en los Estados Unidos de América
Octubre de 2006

Bien au chaud sous son manteau, Elmo gambade le long de Sesame Street pour aller faire un monstre de neige. Il regarde les empreintes que laissent ses bottes dans la neige fraîchement tombée; celle-ci est aussi belle et blanche que le sucre qui garnit les biscuits d'Elmo. Les flocons virevoltent doucement, et s'accrochent, en scintillant, à son chapeau et à son foulard. Le petit monstre ouvre la bouche pour en attraper quelques-uns avec sa langue.

En chemin, il croise ses amis, qui vaquent aussi à leurs préparatifs des fêtes. Ernie et Bert transportent un sapin, et Big Bird suspend des décorations. Herry est vêtu d'un habit comme celui du père Noël, et il s'affaire à recueillir des jouets et des denrées pour les familles dans le besoin. Pendant ce temps, le Comte s'amuse à compter les flocons qui tombent : « Un beau flocon ! Deux beaux flocons ! Trois, quatre, cinq, six, sept, huit… tant de beaux flocons ! C'est magnifique ! »

« Joyeux Noël à tous ! » s'exclame Elmo d'un ton heureux.

En passant devant la poubelle d'Oscar, Elmo souhaite aussi un joyeux Noël à son ami. « Hum ! Je n'aime pas Noël ! » rétorque le grognon en peluche verte. Elmo n'en croit pas ses oreilles, et demande : « Oscar, peux-tu répéter ce que tu viens de dire, s'il te plaît ? »

« Je veux bien, répond Oscar en grommelant. Je le dirai à qui veut l'entendre. Je n'aime pas Noël. Tout plein de *ho ! ho ! ho !* et de *fa-la-la !* Tout le monde est joyeux, et passe son temps à sourire, ou à offrir des cadeaux. C'est le pire moment de l'année pour les grognons. »

Oscar ! dit Elmo en gloussant de rire, Noël doit certainement avoir quelque chose à offrir qu'un grognon puisse aimer ! »

« Nommes-en une » dit Oscar.

Elmo réfléchit un moment, puis rétorque : « Des biscuits de Noël ! Elmo a aidé à en faire aujourd'hui. »

« Des biscuits aux sardines recouverts de glaçage gluant ? » demande Oscar avec espoir.

Elmo doit admettre que non. Ce sont des biscuits à l'avoine et au sucre. Certains sont en forme de canne et d'autres en forme de renne.

Oscar fronce les sourcils. « Pouah ! C'est dégoûtant ! » clame-t-il.

Elmo ne pense plus du tout aux monstres de neige. Il a maintenant quelque chose de plus important à faire. «Attends un peu, Oscar! dit Elmo, Elmo revient dans un instant! Elmo va trouver un *milliard* de bonnes raisons pour qu'Oscar se mette à aimer Noël!»

«Ne t'en fais pas. Je ne vais nulle part!» grogne Oscar. Puis, il disparaît à l'intérieur de sa poubelle en laissant claquer le couvercle. Elmo se met en route. Peut-être ne trouvera-t-il pas un *milliard* de raisons, mais il en dénichera certainement quelques-unes.

Elmo s'arrête en premier lieu au nid de Big Bird. Elmo lui explique ce qu'il veut faire.

«J'ai une idée! Je te donne rendez-vous à la poubelle d'Oscar dans une heure», lui dit Big Bird.

Ensuite, Elmo s'en va chez Bert et Ernie; ceux-ci sont en train de décorer leur sapin. Les deux promettent aussi de lui venir en aide. Puis, Elmo rend visite au Comte et au monstre Herry. Tout le monde est d'accord pour se retrouver près de la poubelle d'Oscar.

Elmo se précipite à la maison, et dit à tante Sue qu'il veut préparer un plat spécial. Cette fois-ci, c'est *elle* qui n'en croit pas ses oreilles. «Mais, c'est dégoûtant!» fait tante Sue. Elle hésite, mais accepte tout de même d'aider Elmo.

Lorsque tout est prêt, Elmo accourt à la poubelle du grognon. Ses amis sont là, comme promis.

« Joyeux Noël, Oscar ! » lance Elmo en frappant sur le couvercle de la poubelle. Oscar surgit. « Mais je t'ai déjà dit que je n'aime pas Noël ! »

Elmo rit, et répond : « Pas pour bien longtemps ! »

Avant même qu'Oscar ait l'occasion de dire à qui que ce soit de ficher le camp, Ernie et Bert lui offrent un petit arbre de Noël tout rabougri. Celui-ci a été décoré avec des pelures d'orange et des bouts de ficelle miteuse, en fonction des goûts d'un grognon.

« Hé ! cet arbre de Noël n'est pas mal du tout ! » dit Oscar. « Tu vois, Oscar, c'est l'une des choses que tu peux aimer de Noël », lui dit Elmo.

Big Bird connaît aussi quelque chose qui pourrait amener Oscar à changer d'avis. «J'aime Noël parce que c'est un moment dont les familles profitent, pour se retrouver», dit Big Bird.

«Et puis, après?» marmonne Oscar.

«Eh bien, peut-être que Grungetta te rendrait visite si tu le lui demandais», suggère le gros oiseau jaune. Grungetta est la meilleure amie d'Oscar, et la plus bougonne aussi.

«Hum! fait Oscar, j'ai déjà entendu pire comme idée.»

C'est au tour d'Herry maintenant. «J'aime le temps des fêtes parce qu'il nous fournit l'occasion d'aider les autres, dit-il. Aujourd'hui, j'ai recueilli des jouets et des denrées pour les familles dans le besoin que, ce soir, Grover et moi allons leur porter. As-tu quelque chose que tu aimerais partager, Oscar?»

Oscar fronce les sourcils. «Attends un instant», dit-il en disparaissant au fond de sa poubelle.

Il revient quelques secondes plus tard. «Tiens. Peut-être que cela servira à quelqu'un», dit-il en tendant à Herry un foulard neuf à rayures rouges et blanches.

«Merci, Oscar, dit Herry. Vois-tu comme il est agréable de venir en aide à quelqu'un?»

«Il est surtout agréable de se débarrasser de ce foulard. Il n'a pas un seul trou», rétorque Oscar. Mais Elmo voit Oscar réprimer un petit sourire.

«Oscar, Elmo a une douzaine de raisons pour que tu aimes Noël! dit Elmo d'un ton heureux. Voici douze biscuits aux sardines recouverts de glaçage gluant. Joyeux Noël, Oscar!»

«Ha! ha! ha! s'esclaffe le Comte, tu as maintenant une *autre* raison d'aimer Noël..., tes amis! Je vais les compter pour toi...un ami... deux amis...»

«Laisse tomber, le Comte! Je suis capable de compter tout seul», grogne Oscar.

Oscar reste silencieux l'espace d'un instant. Il finit par se tourner vers Elmo. «Tu as raison, peluche. Noël n'est pas si mal, après tout», lui dit-il. Il mord dans un biscuit aux sardines. «Et ces biscuits sont horriblement délicieux. Merci et... joyeux Noël!» poursuit-il.

Tous se mettent à chanter. Et c'est Oscar qui chante *fa-la-la* le plus fort.